Hans Flach

Die beiden aeltesten Handschriften des Hesiod und ihre Bedeutung für die Textkritik

Antigonos

Hans Flach

Die beiden aeltesten Handschriften des Hesiod und ihre Bedeutung für die Textkritik

Unveränderter Nachdruck der Originalausgabe von 1877.

1. Auflage 2024 | ISBN: 978-3-38641-281-0

Antigonos Verlag ist ein Imprint der Outlook Verlagsgesellschaft mbH.

Verlag: Outlook Verlag GmbH, Zeilweg 44, 60439 Frankfurt, Deutschland
Vertretungsberechtigt: E. Roepke, Zeilweg 44, 60439 Frankfurt, Deutschland
Druck: Libri Plureos GmbH, Friedensallee 273, 22763 Hamburg, Deutschland

DIE BEIDEN

AELTESTEN HANDSCHRIFTEN

DES

HESIOD

UND

IHRE BEDEUTUNG FÜR DIE TEXTKRITIK.

VON

DR. H. FLACH,

DOCENTEN IN TÜBINGEN.

(VORTRAG IN DER KRITISCH-EXEGETISCHEN SECTION IN TÜBINGEN.)

DAZU EIN FACSIMILE DES COD. MED. XXXI, 39 OPER. ET D. V. 142—161.

LEIPZIG,

DRUCK UND VERLAG VON B. G. TEUBNER.

1877.

Wenn ich Ihre Aufmerksamkeit, meine Herren, für einige
Minuten auf zwei Hesiodhandschriften lenken will, so geschieht
dies nicht allein, um den Beweis zu führen, dass unsere Hesiod-
ausgaben noch nicht Alles bieten, was durch diese Handschriften gewonnen werden kann, sondern vor allen Dingen,
um zu zeigen, dass einerseits auch bei Hesiodtexten sich eine
systematische Textveränderung oder Entstellung vollzogen hat,
andrerseits die Beurtheilung des Hesiodischen Dialekts nach
Aufnahme mancher durch diese Handschriften beglaubigter
Lesarten eine wesentlich andre wird, als bisher. Und ich
glaube, dass diese beiden Gesichtspunkte in einer Zeit, in
welcher namentlich von einer Schule rastlos an der Erforschung der griechischen Dialekte gearbeitet wird, in welcher vor kurzem die Odysseeausgabe von August Nauck den
Zwiespalt zwischen individueller Dialektkritik und handschriftlicher Ueberlieferung in den Gelehrtenkreisen von Neuem er-
regt hat, in welcher die bahnbrechenden Arbeiten von Wilhelm
Hartel in allen Händen sind, und die mustergültige Arbeit
von Hinrichs über Aeolismen in den homerischen Gedichten
so eben erschienen ist[1]), zur Entschuldigung meines Vortrags
dienen werden. Steht es doch bei allen Kritikern auf diesem
Gebiet fest, dass die von Tage zu Tage mit grösseren Streit-
kräften unternommene Erforschung der homerischen und hesio-

---

[1]) De Homericae elocutionis vestigiis aeolicis. Dissertatio inaugu-
ralis, quam defendet G. Hinrichs. Jena 1875. Anzeige von Gieseke,
Bursian's Jahresbericht II, 3 s. 132 ff.

dischen Sprache nicht wenig zur Erschliessung. der ältesten griechischen Dialekte beitragen müssen.

Dass wir in den meisten unserer Hesiodhandschriften ausser den gewöhnlichen Corruptelen zahlreiche Verderbungen besitzen, welche auf ein principielles Verfahren der Abschreiber, aber auch der alexandrinischen Grammatiker zurückgehen, habe ich vor Kurzem in meiner Untersuchung über das dialektische Digamma Hesiod's zu zeigen versucht[1]), und nach-

---

[1]) Das dialektische Digamma des Hesiodos. Berlin. Weidmann'sche Buchhandlung 1876. V. drittes Capitel s. 43—59: Handschriftliche Spuren der Textverderbung. Die gewöhnlichen Abschreiber der Hesiodhandschriften sind am besten charakterisirt von Ranke Scutum s. 331: Nam Triclinio excepto, librarii omnes, qui codices Hesiodeos quos vulgavi descripserunt, artis metricae ut qui maxime rudes se ostenderunt. Nullo enim modo in primo versu τοίη nasci (JM), in v. 6 κυανέων servari in plerisque libris, v. 8 οἷόν ποτε inferri potuisset, si versus heroici natura his scribis comperta fuisset. Scatent autem codices ubique similibus erroribus; nec qui eos corrigere conati sunt, hac. in re multum praestiterunt. Certe corrector cod. B ut v. 6 θνητοῖcι, ita plurima alibi pessime invexit; unus qui cod. K emendavit, reliquos superavit. Talia autem quis posset ad antiquos criticos et grammaticos referenda putare? Immo ipse horum mendorum numerus recentissimam aetatem prodit, qua veterum opera describebant quidem, sed emendate et sine erroribus propagare non poterant. Sua igitur sibi scribae singuli peccata inferebant. Itaque nihil frequentius, quam ubi diphthongis opus erat, vocales simplices ubi simplicibus diphthongi. In consonantium usu sexcenties similiter peccatur. Digamma non noverant, nec subtiliores leges hiatus aut censurae. Quid multa? quaecunque ad versus recte digerendos necessaria sunt, ad unum omnia ignorabant." Gewiss im ganzen richtig. Aber, um nur ein Beispiel anzuführen, wenn Aristot. Oec. I, 4 (s. 1334 a 17) und Aristid. II. s. 33 Jebb. den Vers Oper. 699 citiren παρθενικὴν δὲ γαμεῖν, ἵνα ἤθεα, und unsre Handschriften haben alle ὥc κ' oder fehlerhaft ὥc τ' ἤθεα, dürfen wir da an das Versehn eines Schreibers glauben, oder an eine durch die Alexandriner eingeführte Lesart? V. meine Schrift s. 51. Mit Recht sagt Rzach, Hes. Unters. s. 45 und Dialekt s. 381: „doch ist mit Aristoteles ἵνα ἤθεα zu lesen." Wenn er aber das κ' an und für sich verdächtig nennt, so kann ich damit nicht einverstanden sein; die Alexandriner durften nur das altepische ὥc κε (v. A 32 ὥc κε νέηαι, v. Π 84, δ 749, ω 360) hineincorrigiren. Die Auffassung W. Hartel's, Zeitsch. f. Oestr. G. 1876 s. 640 theile ich nicht: „Es ist wohl sehr begreiflich, dass in ein Citat das geläufige ἵνα für das epische ὥc κ' sich einschlich, nicht aber abzusehen, warum ein Schreiber ἵνα nicht etwa durch ὥc, sondern durch das gewählte ὥc κε

dem Karl Brugman in seiner Schrift über ein Problem der homerischen Textkritik[1]) mit grossem Scharfsinn gezeigt hat, dass wir in unseren Homertexten eine Reihe von Textveränderungen besitzen, die einer Marotte oder Schrulle zu Lieb, wie

hat ersetzen wollen." V. s. 17 f. not. Ebenso wenig überzeugt z. B. Ranke s. 223, wenn er Scut. 245 für die echte Lesart ansieht γῆράc τ' ἐμέμαρπεν, die aus Missverständniss durch Abschreiber verunstaltet sei. Hier geben doch cod. A (Par. 2708) und Mon. 91 (v. s. 34) den deutlichsten Beweis, dass die beiden alexandrinischen Lesarten gewesen sind γήρᾳ τε μέμαρται (= μεμάρανται oder εἵμαρται) und γῆράc τ' ἐμέμαρπτον (oder γῆράc τε μέμαρπτον), das aber verschrieben ist für μέμαρπον oder ἐμέμαρπον, wie schon des Scholiasten Erklärung κατέλαβον beweist. Denselben Fehler hat die älteste Handschrift, der unten behandelte Flor. XXXII, 16, der vermuthlich die voraristarchische Lesart enthält und für die Richtigkeit von μέμαρπον entscheidend ist.

[1]) Ein Problem der homerischen Textkritik und der vergleichenden Sprachwissenschaft von Karl Brugman. Leipzig. Hirzel 1876. Zustimmende Kritiken von Delbrück, Jenaer Litz. 1876 n. 32 und von mir Jahrb. 1876. Heft 10. Zweifelhafte von Clemm, Centb. 1876 n. 38. Ablehnende von W. Hartel, Z. f. Oestr. Gymn. 1876 s. 734—742. V. s. 742: „Den Beweis aber, dass Aristarch in systematischer Weise um einer grammatischen Schrulle willen den Text corrumpiert, sehe ich nicht erbracht, und diese Annahme leidet auch an innerer Unwahrscheinlichkeit. Wäre diesem Grammatiker, der mit klarem Blick aus der schwankenden Ueberlieferung, in der Zenodot unsicher umhertappte, in der Regel das richtige traf, der freie Gebrauch des Reflexivums in so zahlreichen, gut überlieferten Beispielen vorgelegen, wie Brugman voraussetzt, er würde ihn zu bezweifeln um so weniger in die Lage gekommen sein, als die alexandrinische Dichtung denselben reichlich genug anwandte. Auf spärliche und durchaus leichte Textänderungen führen auch nur die sicheren Lesungen, welche Brugman's Untersuchungen ergeben." Ebenso bei Gelegenheit der Brugman'schen Erklärung von παιδὸc ἑῆοc u. s. w. s. 740: „Was liegt näher, als Aristarch bei seiner Voreingenommenheit gegen das allgemeine Reflexivpossessivum für den Erfinder des Wortes ἑῆοc zu halten, dem die Bedeutung „gut" beigelegt wurde? Die Sache lässt sich aber auch anders fassen. ἑῆοc war ein verschollenes, der Sprache so gänzlich unbekannt gewordenes Wort, dass selbst die gelehrten Epiker es wieder aufzunehmen Scheu trugen. Konnte demnach nicht schon der nach Verständnis verlangende Rhapsode oder Leser die dunkle Form durch die klare und in solcher Verbindung geläufige ἑοῖο hie und da ersetzt und Zenodot solchen Fundes froh ihr um so lieber in seinem Text ein Plätzchen eingeräumt haben, als sie mit seiner Auffassung von der Function des Reflexivpronomens nicht in Widerspruch stand?"

Brugman sich ausdrückt[1]), wegen einer falschen Hypothese, wie ich sagen möchte, geradezu von Aristarch, dem ersten Grammatiker, eingeführt worden sind, ist mir derselbe Umstand bei Hesiod noch deutlicher geworden. Zwar beschränkte sich die Forschung von Brugman auf die Verhältnisse der griechischen Pronomina, aber in der Vorrede und in einer Anmerkung deutet er noch verschiedene ähnlich betroffene Punkte, wie Accentverhältnisse, an[2]), und es ist wohl anzunehmen, dass andre Kritiker, seinen Spuren folgend, auch auf verwandten Gebieten dasselbe System nachweisen werden. In den hesiodischen Texten sind die deutlichsten Spuren einer principiellen Verderbung vor ursprünglich digammirt gewesenen Wörtern zu finden, aber sie finden sich nicht allein da, sondern auch in Fällen, die vorzugsweise Aeolismen oder überhaupt dialektische Eigenheiten des Dichters betreffen. Freilich bin ich mir bewusst, dass solche Spuren, die den heutigen Textkritiker von selbst zur Vermuthung bringen, dass im Grossen und Ganzen noch viel mehr gesündigt worden ist, als die Handschriften verrathen, und ihn unwillkührlich zu einer ausgedehnteren Conjecturalkritik zwingen, von den conservativeren Philologen als handschriftliche Zufälligkeiten angesehn werden, die zu einer eigenmächtigen Kritik

---

[1]) V. s. VI und s. 1—7.

[2]) „Wenn ein Aristarch trotz des Masculinum ταρφύϲ, dessen Existenz ihm jedenfalls bekannt war, im Femininum Plur. ταρφειαί betonte, so darf man das wohl eine Schrulle nennen, aber nicht den Vorwurf grobkörniger Unwissenheit darauf gründen. Schrullen und überhaupt Schwerbegreiflichkeiten und selbst Unbegreiflichkeiten findet man bei grundgelehrten Männern in allen Zeiten, vielleicht nicht am seltensten in den neueren. Beispiele sind jedem zur Hand.“ V. über denselben Punkt Nauck, praef. Odyss. s. X. Ferner Brugman s. 101 not.: „Die Aristarchische Regel, wonach diesem Dativ, wenn er reflexiv steht, sein Accent zu belassen, wenn er demonstrativ steht, sein Accent zu entziehen sei, erweist sich als hinfällig. Wer will die Grenze ziehen und von jedem Beispiel angeben, ob es reflexiv oder unreflexiv ist?“ — Uebrigens hatte schon Wolf, Proleg. s. CCXLVII die Anregung zu der Streitfrage der homerischen Pronomina gegeben. — Noch eine dritte dürfte in Zukunft zu erledigen sein, die Vermischung des Dual und Plural im Homer: v. Friedländer, Ariston. s. 15. not. 2. W. Ribbeck, Phil. VIII s. 704; Lehrs, quaest. ep. s. 319; Nauck, Bull. 1863 VI s. 20.

noch nicht berechtigen, aber ich darf mich wohl darauf be-
rufen, dass selbst mein verehrter Lehrer Carl Lehrs, der zu dem
conservativsten Standpunkt in dieser Frage die meiste Ver-
anlassung hatte, niemals die Ansicht ausgesprochen hat, dass
der homerische Textkritiker sich bei den aristarchischen Lesarten unter allen Umständen beruhigen solle, wie noch neuerdings Arthur Ludwig mit Recht gegen die tendenziöse Dar-
stellung von August Nauck bemerkt hat.[1]) Ich kämpfe aber
noch weniger einen Kampf gegen das eingebildete Phantasma
einer Aristarchomanie[2]), weil unsre Hesiodscholien für die
Einzelheiten der alexandrinischen Kritik zu wenig Belege

[1]) V. Nauck a. O. s. IX: „Obest emendando Homero Alexandrino-
rum grammaticorum existimatio, inter quos Aristarchus potissimum
plurimos etiam nunc habet admiratores ac serviles pedisequos. prae-
claro illo de Aristarchi studiis Homericis libro Lehrsius id egit, ut eum
quem praeconio ornaret grammaticum tamquam perfectum cauti critici
exemplar proponeret, qui optimorum librorum ope Homero eam reddi-
disset speciem a qua discedere nobis nefas esset." V. A. Ludwig in
Phil. Jahrb. 1874 s. 577. 596. V. auch Gieseke, Jahresbericht II, 2
s. 27 ff.

[2]) V. Brugman s. 1: „Die übertriebene Lobpreisung Aristarch's,
wie sie besonders seit Lehrs berühmter Schrift de Aristarchi studiis
Homericis ed. I 1833 vielfach Mode geworden war, und die mit dieser
Ueberschätzung Hand in Hand gehende ungebührliche Herabsetzung des
Zenodot, den schon Wolf Prol. p. CC über die Massen hart angelassen
hatte, sind heutzutage im Grossen und Ganzen auf ihr richtiges Mass
zurückgeführt. Einzelne Schösslinge, die die „Aristarchomanie" immer
noch hin und wieder treibt, finden kaum mehr Licht und Luft zu einem
gedeihlichen Fortkommen, und andrerseits lassen sich heute auch nur
noch selten so harte Urtheile über Zenodots kritische Thätigkeit ver-
nehmen, wie sie den modernen Aristarcheern so geläufig geworden
waren." — V. auch die Beurtheilung von La Roche, Hom. Textkritik
s. 49 ff. und 56 ff. — Dass die Alexandriner wegen des Digamma Textes-
veränderungen vorgenommen haben, leugnet W. Hartel, Z. f. Oestr. G.
1876 s. 637: „Denn man mag einem Aristarch und seiner Schule viel
Böses nachsagen können, von dem Vorwurf, die Spuren des Digamma
absichtlich und systematisch verwischt zu haben, spricht sie der Umstand los, dass solche in Ilias und Odyssee an mehr als 3000 Stellen
unangetastet blieben." Wie viele sind aber vernichtet? — V. auch
A. Nauck, Bulletin 1861 s. 307: „Mindestens muss einstweilen die Mög-
lichkeit zugegeben werden, dass auch eine Aristarchische Lesart auf
Correctur beruhen könne."

bieten, so dass die Gegner dieses Verfahrens kaum Gelegenheit erhalten, sich auf eine namhafte Autorität des Alterthums zu stützen.

Diejenige Hesiodhandschrift, die älteste für Theogonie und Scutum, die den deutlichsten Einblick in jene Corruptionen gewährt, die in den meisten andern Handschriften und in den bisherigen Ausgaben zu Tage treten, weil sie, bald allein, bald mit einigen sekundären codices, statt ihrer eine ältere und echte Lesart bietet, die aber von den alexandrinischen Grammatikern, oder geradezu von Aristarch, nicht gebilligt war, ist der Med. XXXII, 16, den Bandini, Luigi Lanzi, Lennep und Kinkel dem XIII. Jh. zuweisen, Goettling dagegen dem XII., Ahrens nach Bethmann sogar dem XIV. oder XV., Ziegler dem XIV. Der codex, der ausser den hesiodischen Gedichten den Apollonios von Rhodos, den Theokrit und Nonnos enthält, gehörte einst dem Franciscus Philelphus, dem Schwiegersohn des Johannes Chrysoloras, der ihn 1423 in Constantinopel von der Frau des Chrysoloras gekauft und nach Italien gebracht hatte.[1]) Seltsamer Weise war der erste, der ihn für die Hesiodkritik benutzte, Luigi Lanzi, der seine Collation der Handschrift für die grosse Ausgabe der Werke und Tage i. J. 1773 besorgte, und 1806 eine Nachcollation von dem zweiten Bibliothekar Bencini vornehmen liess. Lanzi erkannte zwar die Bedeutung des codex, indem er ihn neben dem Med. XXXI, 39, der allein die Werke und Tage enthält, für den werthvollsten erklärte, hat dieselbe aber für seine Ausgabe in keiner Weise verwerthet.[2]) Auch Jacob von Lennep zählte den codex den besseren zu und hielt in seinen Noten mehrere Varianten, die er bietet, für sehr bemerkenswerth, erkannte auch in diesem oder jenem Fall, da er zuerst

---

[1]) V. Bandini II, s. 141: Φραγκίςκου Φιλέλφου, erutus Constantinopoli ἀπὸ τῆς (supra hanc vocem scriptum est μεθίςου) γυναικὸς viri clarissimi Johannis Chrysolorae sub anno 1423 pridie Nonas Januarias.

[2]) V. G. Luigi Lanzi, Hesiodi Opera et Dies s. 274 (Florenz 1808): „V codex plutei ejusdem 29 (lies 39) membranaceus cum glossis. Pertinet ad saec. XII, fortasse ad XI, celeri licet manu conscriptus, pretiosus est, lectiones notasque continet valde observabiles. — VII similis, sed sign. num. 16 ad saec. XIII pertinens, optimae notae." Kinkel praef. s. VII: „a. 1281 scriptus."

digammatischen Einflüssen sorgfältiger nachspürte, das Motiv
der Verderbung, ohne indessen seinen Text dadurch beein-
flussen zu lassen.[1]) Während ferner Gaisford, Muetzell und
Ranke denselben gar nicht erwähnen, da der von den drei
Kritikern sogenannte cod. Mediceus[2]) mit unserer Handschrift
nicht identisch ist, hat Goettling ihn selbst für Theogonie und
Scutum seiner zweiten Ausgabe collationirt, ohne seine Lesarten für die Textkritik genügend zu benutzen. Der erste, der
diesem codex grössere Aufmerksamkeit geschenkt hat, war
Deiters in seiner Abhandlung über den hesiodischen Schild,
der in einer Anmerkung bei Gelegenheit des verdorbenen
Verses Scut. 301 namentlich die ihm mit andern Handschriften
gemeinsamen Verderbnisse und die eigenthümlichen selbständigen, aus metrischen Gründen veranlassten Veränderungen des
Schreibers ans Tageslicht zog.[3]) Nachher wurde auch in der

---

[1]) V. Lennep praef. Theog. s. XIV: „Flor. B, scriptus saec. XIII
atque inter meliores habendus."

[2]) V. Variae lectionis ad Hesiodi Theogoniam ed. Junt. 1540 e
Codice Mediceo bei Gaisford Poetae Minores I, s. 144—147; Muetzell de
em. Theog. s. 186—212; Ranke Scutum s. 296: „Codex Mediceus (M),
cujus collationem inter libros Dorvillianos servatam Gaisfordius publici
juris fecit. Muetzellio de em. Theog. p. 157 visus est ab Dorvillio usur-
patus cod. Laurentianus, quem Bandinius in plut. 31 n. 20 repositum
consignavit Catal. Codd. Laur. Tom. II p. 91. Is scriptus est saeculo
quinto decimo et Theogoniam cum Scuto continet;" Goettling praef.
s. LXXVI: „Med. est collatio codicis Medicei inter libros Dorvillianos
servata apud Gaisfordium"; Hesiodea ed. Koechly-Kinkel praef. s. VII,
s. 3 und 146: „Bibl. Laur. Mediceus, cujus accuratior signatio non
exstat." V. auch Kinkel, de codicibus Hesiodeis nonnullis in Anglia
asservatis s. 11 (Heidelberg 1866).

[3]) V. Deiters, de Hesiodia Scuti Herculis descriptione s. 33 not. 85
(Bonn 1858): „Nam plurimi codices exhibent οἱ μὲν ἄρ' ἀΐδιον ἔχον πόνον,
nonnulli εἶχον, cum in solo Med. 3 Goettl. (Flor. B Lennep) inserta
particula δὴ legatur. Codex autem ille quamvis omnium qui carmen
nostrum servarint, antiquissimus sit, haud tamen dici potest sincerius
quam ceteri genuinae lectionis testimonium praebere; cujus scribam
cognoscere licet pluribus locis poetae verba suo ipsius arbitrio, plerumque metrorum restituendorum causa, immutasse." — Wenn auch dieser codex vortreffliche Lesarten enthält, so hat Koechly praef. s. X
gewiss Recht, wenn er sagt: „Cui codici qui vetustate ejus deceptus
suam editionem superstruere vellet, magnopere erraret." Deiters selbst

Ausgabe von Koechly-Kinkel von den guten Lesarten kein ausreichender Gebrauch gemacht. Zuletzt hat auch Alois Rzach in seiner Schrift über den Dialekt des Hesiodos an mehreren Stellen dieser Handschrift besonders Erwähnung gethan, ohne jedoch ihren Lesarten an zweifelhaften Stellen principiell den Vorrang einzuräumen.[1]

Wenige Beispiele werden genügen, Ihnen ein Bild jener alten Lesarten zu verschaffen. Theog. 15 hat unsre Handschrift allein ἠδὲ Ποσειδάωνα γεήοχον für die Vulgata γαιήοχον, und jene Lesart ist nach der Empfehlung G. Hermann's von Goettling in seiner 2. Ausgabe und von Schoemann aufgenommen worden, wozu jene Kritiker um so mehr berechtigt waren, da auch Pind. Ol. XIII, 81 die von Boeckh empfohlene nnd auch von Bergk aufgenommene Lesart γεαόχῳ für die Vulgata γαιαόχῳ am Besten beglaubigt ist, mithin wohl boeotischer Gebrauch nicht von der Hand zu weisen sein wird. Gegenüber der Thatsache nun, dass schon Plutarch in den Werken und Tagen auf Boeotismen aufmerksam machte, und dass die alten Grammatiker einstimmig das constante Διώνυσος boeotischem Einfluss zuschrieben, dürfte es kaum rathsam erscheinen, die Vulgata wieder einführen zu wollen, oder sie, wie Alois Rzach es gethan, mit Hülfe des von Wilhelm Hartel aufgestellten Gesetzes über die Correption des diphthongischen Ausgangs αι· vor vocalischem Anlaut zu vertheidigen.[2] An einer zweiten

zählte a. O. einige selbständige Veränderungen des Schreibers auf: Scut. 310 οἱ μὲν ἄρ' ἄίδιον δὴ ἔχον πόνον, 236 ἐπὶ δεινοῖσιν δὲ καρήνοις (v. 202 hat unser codex Διὸς καὶ Λητοῦς υἱός, nicht, wie Deiters angiebt, Λητοῦς καὶ Διὸς υἱός), 397 ὅτε περ χρόα Cείριος ἄξει, 252 πρῶτον μεμάποιεν, Theog. 32 Θείην, ὄφρα κλύοιμι, Veränderungen, die, allein aus metrischen Bedenken hervorgegangen, einen sehr geschickten Schreiber verrathen. Von der bei Ranke, Scut. s. 322 gegebnen Eintheilung in zwei Handschriftenfamilien, gehört unser codex der ersten an, ebenso Med. 1 = XXXI, 20, zu welcher gehören codd. G = Par. 2833, K = Mosc. 374, O = Par. 2763, S = Schellershemianus (Laur. n. 2823, 2 ?), V̓ = Rehdigeranus Heinrichii.

[1] Der Dialekt des Hesiodos von Alois Rzach. Achter Supplementband d. Jahrb. f. class. Philologie. 1876. V. s. 356, 357, 361, 364, 444, 462 u. s. w.

[2] V. Rzach a. O. s. 366, der die Lesart γεήοχον dem cod. M von dritter Hand zuschreibt, worüber ich bei Koechly-Kinkel nichts finde

Stelle Theog. 333 hat unsre Handschrift wieder allein die Dativform Φόρκυ von Φόρκυς, während die meisten andern Handschriften den gewöhnlichen Dativ Φόρκυι bieten. Das Ansehn dieser Lesart wird besonders dadurch erhöht, dass im Etym. M. und von der Eudocia ausdrücklich 3 Declinationen von Φόρκυς unterschieden werden, darunter die eine, zweifellos aeolische, Φόρκυς, Φόρκυ, Φόρκυ, Φόρκυν, und dass Constantinus Lascaris als Belegstelle für den Dativ Φόρκυ diesen Vers der Theogonie citirt, wobei es unwahrscheinlich ist, dass Lascaris gerade den cod. Mediceus für sein Citat benutzt hat, wie es andrerseits schon von Muetzell wahrscheinlich gemacht ist, dass die grammatische Notiz des Lascaris aus alter, alexandrinischer Gelehrsamkeit geschöpft sei, woraus auch Choeroboscus seine irrthümliche Regel über den Dativ υι entnommen hat.[1]) Auch an einer dritten Stelle Scut. 199 dürfte kaum zweifelhaft sein, dass der Dichter gemessen hat ἔγχος ἔχους᾽ ἐνὶ χειρὶ, χρυσείην τε τρυφαλείαν mit pindarischer Verkürzung des υ, wo allerdings das χρυσέην der Handschrift verbessert werden muss. χρυσέην aber mit langem υ und durch Synizese von εη zu erklären, ist, wie schon Goettling bemerkte, ein monstrum, das neuerdings wieder von Rzach eingeführt worden ist.[2]) Dagegen hat unser codex an allen 3 Stellen

und desshalb vermuthen muss, dass diese Angabe aus Goettling's Bezeichnung M 3 irrthümlich entstanden ist. V. s. 367: „Es ist vielmehr an der Ueberlieferung festzuhalten; in γαιήοχος ist hier nämlich ein Uebergang des ι in j zu statuiren, so dass die Silbe thatsächlich kurz wird. Auf dieselbe Weise lassen sich einzig die Correptionen der diphthongischen Ausgänge αι οι ει vor vocalischem Anlaute erklären, wie Hartel in den Hom. Stud. II so schön gezeigt hat. An Parallelstellen für die genannte Erscheinung im Inlaut fehlt es nicht, vgl. Hartel Hom. Stud. III, 7 seq. z. B. Hom. υ 379 ἔμπαιον οὐδὲ βίης (im Versanfange). Goettling, der Π 235 und K 243 (χαμαιεῦναι und χαμαιευνάδες) citirt, glaubte, nur in commissura sei die Correption möglich, was schon jenes eine Beispiel, das wir statt mehrerer anführten (siehe Hartel a. a. O.) widerlegt.“

[1]) V. Etym. M. s. 798, 38, Eudocia s. 419, Constantin. Lascaris Gramm. III, s. 375 (ed. Bas.), Muetzell a. O. s. 228, und im Allgemeinen meine Schrift über das Digamma s. 74. Anerkannt wird der Dativ Φόρκυ auch von W. Hartel, Z. f. Oestr. G. 1876 s. 627.

[2]) V. Rzach a. O. s. 368: „Dagegen ist A. 199 nicht, wie Goettling

Theog. 487. 890 und 899 ἐὴν ἐcκάτθετο νηδύν für ἐγκάτθετο,
das Koechly nur an der ersten Stelle aufgenommen hat, womit die eine der Stützen, deren sich Ahrens in seinem Vortrag in Goettingen bedient hat, zur Entwicklung der Dorismen oder gar der delphischen Eigenheiten in der Theogonie,
zusammenbrechen muss. Auch Rzach hätte diese Lesart ge-
nauer prüfen sollen, ehe er jenen dialektischen Gebrauch der
Präposition ἐν für εἰc, der ja abgesehen von dem delphischen
auch für den thessalischen und arkadischen Dialekt nachge-
wiesen ist, unbedingt dem Dichter der Theogonie zuschrieb.[1])
— Ich komme, meine Herren, zu einigen digammatischen
Stellen, die in jüngeren Handschriften durch Veränderungen
verdunkelt sind. Theog. 567 bietet der cod. Med. mit dem
cod. Emm. (N bei Paley) die Lesart δάκεν δέ ἑ νειόθι θυμόν
von Zeus gesagt, als er bei den Menschen das Feuer erblickte,
während die meisten andern Handschriften δάκεν δ' ἄρα νειόθι
θυμόν lesen. Die Lesart des Med. ist insofern von hoher Bedeutung, als sie erstens zeigt, in welcher Weise Grammatiker
oder Abschreiber wegen einer metrischen Unbequemlichkeit
den Vers geändert haben, zweitens für mich den sichern
Nachweis liefert, dass der folgende Vers 568, der ausser
dem Objectsaccusativ Ζῆν' ὑψιβρεμέτην auch die Tautologie
ἐχόλωcε δέ μιν φίλον ἦτορ enthält, erst nach Verunstaltung
des ersten Verses von einem Abschreiber hinzugefügt worden

will, χρυcείην, sondern ἐν χερcὶ χρυcέην τε τρυφάλειαν mit Synizese von
εη zu lesen, da υ in χρύcεος stets lang ist; es wird dann freilich der
unschöne Vers in der Mitte in zwei Hälften zerschnitten, aber ein metri-
scher Fehler ist uns doch lieber als ein prosodischer." Vgl. übrigens
auch La Roche, Hom. Untersuchungen s. 41: „Hesiod Scut. 199, wo
noch eine zweite Unregelmässigkeit hinzukommt, nämlich die Verkürzung des ū in χρυcείην, ein bei Epikern einzig dastehender Fall. Dies
macht es wahrscheinlich, dass unsere Stelle verdorben ist, wenn gleich
mehrere Handschriften χρυcέην haben, was, wenn man blos die Silben
misst, einen in Bezug auf die Quantität correcten, aber rhythmisch ab-
scheulichen Vers giebt ἔγχος ἑ | χουc' ἐν | χερcὶ | χρυcέην | τε τρυφά | λειαν."
V. auch A. Ludwich im Königsb. Universitätsprogramm 1871 Varietas
lectionis et scholia ad Batrachomyom. s. 19.

[1]) V. Rzach a. O. s. 462 und 465, Ahrens Ber. d. Phil. 1852 s. 73 f.,
Curtius Ber. d. sächs. Ges. 1864 s. 229, meine Schrift über das Digamma
s. 71. Ausserdem auch G. Hermann op. VI s. 176.

ist.[1]) — Nicht minder werthvoll ist zweitens die allein in dieser Handschrift Theog. 798 erhaltene Lesart κακὸν δέ ἑ κῶμα καλύπτει für κακὸν δ'ἄρα κῶμα καλύπτει von der Bestrafung des meineidigen Gottes gesagt; während hier schon die Auslassung des Objects hätte Bedenken erregen sollen, vermuthete das richtige bereits Emil Scheer in seinen im Rh. Museum veröffentlichten Conjecturen.[2]) Noch in einem dritten Fall Scut. 445 hat unser codex das allein richtige ἰδοῦςα ἔπεα für das elidirte ἰδοῦς' ἔπεα, was Koechly mit Unrecht in den Text aufgenommen hat. — Ebenso bietet der cod. mit einigen sekundären Handschriften Scut. 125 das zweifellos richtige ὅν οἱ ἔδωκε für die Lesart der· jüngeren Handschriften ὅν ῥ'οἱ ἔδωκεν mit tendenziöser Einschiebung einer Flickpartikel. —

· Zwei Lesarten endlich des cod. Med. dürften noch von besonderem Interesse sein. Theog. 401 bietet er mit einigen jüngeren Handschriften ἤματα πάντα ἑοῦ μεταναιέτας εἶναι für die vulgäre, aber zweifellos von Aristarch vorgezogene, Lesart ἑοὺς μεταναιέτας εἶναι, wo Karl Brugman mit Recht jenen auch bei späteren Epikern vorkommenden Genetiv des Besitzes erkannt, aber für ἑοῦ das gewöhnliche ἕο vermuthet hat.[3]) Zweitens ist bisher gänzlich unberücksichtigt geblieben die Lesart, die allein im Stande ist, jenen verrufenen Vers Scut. 7 zu heilen: τῆς καὶ ἀπὸ κρῆθεν βλεφάρων τ' ἀπὸ κυανεάων. Es

---

[1]) V. Goettling not.: „Hic versus male me habet: videtur adjectus esse a librario quodam, cui abesse videbatur accusativus personae, si legeretur δάκεν δ'ἄρα νειόθι θυμόν." Dasselbe dachte G. Hermann.

[2]) V. Rh. Museum XXIV s. 623 ff. Andre Conjecturen von E. Scheer Rh. Museum XXIII s. 685 ff. Mit Recht vergleicht S. zu unsrer Stelle Ψ 693 und Λ 249.

[3]) V. Brugman a. O. s. 20 not.: „Hervorheben wollen wir hier noch, dass οὗ als possessiver Genetiv an sich durchaus unanstössig ist: ausser dem ziemlich allgemein anerkannten εὗ κράτος Ω 293 = 311 vergleiche man cφεων γούνατα ω 381 und ὄccε δ' ἄρα cφέων υ 348, wonach auch bei Hesiod Theog. 401, wo die besten Handschriften παῖδας δ'ἤματα πάντα ἑοῦ μεταναιέτας εἶναι geben, vielleicht ἕο (nicht ἑοὺς) zu schreiben ist. Unsern Genetiv des Besitzes finden wir auch bei den späteren Epikern, z. B. Apoll. Rhod. IV, 279 πατέρων ἔθεν, 460 εἷο καciγνήτηc (cf. Γ 382), Musaeus 159 ἕο μύθοιc." V. Schwabe, de Musaeo Nonni imitatore liber, s. 41 (Tübingen 1876).

ist hier nicht der Ort, alle Ansichten über diese Stelle zu wiederholen[1]); die beste Erklärung, die Schneidewin und

---

[1]) V. namentlich Heinrich, Scutum Herculis s. 113 (Breslau 1802), Paley zu der Stelle, Goettling not., Ranke Scut. s. 121 f., der die Lesart κυανεόντων bezeichnet: „contra usum sermonis Graeci", v. s. 122: „Formae ἡ βλέφαρος vestigia invenit Schneidewinus meus in fragmento Ibyci p. 97, ubi ap. Siebenkees κυανέῃϲιν ὑπὸ βλεφάροιϲ legitur; vix tamen credi poterit, si plura reperta essent talis formae exempla, Apollonii aciem ea effugere potuisse." Vgl. ferner Kühner, Ausf. Gr. I, 296. Rzach a. O. s. 399: „Einige weniger bedeutende Hdschr. κυανεόντων. Die letztere Schreibung entsprang offenbar der Absicht, die vorhandene Schwierigkeit zu beheben." Auch Nauck, Mél. IV s. 165. Unbeachtet liess die Schwierigkeit G. Hermann op. VI s. 193. Uebrigens führen andre Lesarten nicht mit Sicherheit auf κυανεάων. So haben cod. Emm. und Burnejanus 109 (bei Kinkel s. 50), der dem XV sec. angehört, mit der Aldina und mehreren jüngeren Handschriften κυανέων, das aus einer Verbesserung von κυανέον mit Abbreviatur zu erklären wäre, der cod. Harlejanus 5724 (bei Kinkel s. 38) der von bedeutendem Werth und dem XIV sec. angehört, κυανυέων. Von Verbesserungen der Stelle theile ich mit ὀφρύων τ' ἀπὸ κυανεάων, βλεφάρων ἀπὸ κυανέων τε, βλεφαρέων τ' ἀπὸ κυανεάων. —

Mit der Schwankung von κυανεάων und κυανεόντων lässt sich am besten vergleichen die ähnliche Scut. 289, wo einige Handschriften κορυνιόεντα (und so Graevius, Gaisford, Goettling), andre κορωνιόεντα haben, während das richtige unser codex mit vielen andern erhalten hat κορωνιόωντα, wie Aldus, Lennep und Koechly-Kinkel mit Recht schreiben; Hermann's Conjectur κορυνήεντα hat nur Paley aufgenommen. Das Lemma des einen Scholiasten κορυνιόωντα ist ein Schreibfehler für κορωνιόωντα, wie auch schol. Monac. und seine mit dem Scholiasten s. 59 Ranke übereinstimmende Erklärung ἐπικαμπῆ beweist. Auch hier wird man kaum an einen Irrthum der Abschreiber denken können, sondern wird eine alexandrinische Lesart neben einer älteren des Vulgärtextes annehmen müssen.

Man wird ferner nicht umhin können, auch für die Lesart Scut. 54 die Autorität unsrer Handschrift in Anspruch zu nehmen, wobei sich vermuthlich für die beiden Ueberlieferungen ein ähnliches Verhältniss herausstellt, wie bei den eben behandelten. Also dass ursprüngliche Lesart gewesen ist αὐτὰρ Ἰφικλῆα δορυϲϲόῳ (so namentlich auch cod. Harlejanus), aber zweifellos alexandrinische αὐτὰρ Ἰφικλῆα λαοϲϲόῳ (denn Hermann's αὐτὰρ Ἰφικλῆ hat keine Handschrift), wo der Grund der Veränderung in die Augen springt; dass das eingeschobene τε nur von Abschreibern herrührt, hat schon Ranke s. 135 gesehn, dessen Ansicht jedoch, dass λαοϲϲόῳ blosse Glosse ist, ich nicht theile. Schon Kinkel s. 17 bemerkte, dass Ranke s. 334 seine ursprüngliche Ansicht

Doederlein gefunden haben, und der auch Kühner und Alois
Rzach beigetreten sind, supplirt eine Femininform ἡ βλέφαρος,
die freilich durch die Bergk'sche Schreibung in dem zweiten
Fragment des Ibycus κυανέοιϲιν ὑπὸ βλεφάροιϲιν statt der
handschriftlich unverbürgten von Siebenkees κυανέηϲιν ὑπὸ
βλεφάροιϲιν sehr zweifelhaft wird, wie schon Ranke aus dem
Mangel der grammatischen Citate geschlossen hat. Die Lesart κυανεάων aber ist vortrefflich bezeugt, durch Homer-
scholien, Apollonius, Eustathius[1]), so dass es kaum einem
Zweifel unterliegen kann, dass dies die von den Alexandrinern
d. h. also vermuthlich die von Aristarch festgestellte Lesart
war, der βλέφαρον als neutrum, κυανεάων auch als neutrum
auffasste mit aus metrischen Gründen hinzugefügtem α, wie
bei δωτῆρες ἑάων; ebenso nimmt die Paraphrase beides als
Neutrum.[2]) Nun ist aber heute durch die Ausführungen
von Kühner und Rzach plausibel gemacht, dass weder
ἑάων noch κυανεάων der Genetiv eines neutrum sein könne,
indem jener, mit Annäherung an die Erklärung Herodian's
die erste Form von einem verschollenen ἔη == beneficium,

---

darüber aufgegeben hatte. Dass Lehrs P. Aufs. s. 236 (== 427) v. 53—54
als unecht ausscheiden will, berührt den alexandrinischen Zustand nicht.
Eigenthümlich lautet das Scholion s. 45 τῷ Ἀμφιτρύωνι τῷ διὰ τοῦ
δόρατος ϲῴζοντος τὸν λαόν, iu welchem man fast das Bestreben erkennen
möchte, sich mit beiden Lesarten abzufinden. —

Ausser den mitgetheilten alten Lesarten verdient auch Erwähnung,
dass dieser codex (mit codd. SC und andern) Scut. 283 liest ὑπ' αὐλη-
τῆρι ἕκαϲτος, wodurch die Interpunction nach γελόωντες fortfallen muss.
Ebenso citirt den Vers im cod. Ravennas der Schol. Aristoph. Aves 1426.
Die darauf beruhende Schreibung von Dindorf haben Lennep, Paley,
Koechly-Kinkel und Weise mit Recht wiederaufgenommen, - während
Gaisford, Ranke und Goettling ὑπ' αὐλητῆρι δ' ἕκαϲτος mit vorhergehen-
der Interpunction bieten. Das richtige las schon der Scholiast s. 59 Rank
Offenbar ist Interpunction und eingeschobenes δ' grammatischen Ur-
sprungs. Dass der ganze Vers erst später hinzugefügt ist, wie Deiters
s. 35 not. 88 annimmt, leuchtet mir nicht ein.

[1]) V. Schol. Il. T 1 Bekk. ῥοάων. καὶ ἀπὸ οὐδετέρων „βλεφάρων ἄπο
κυανεάων." Ebenso Eustath. s. 1363, 58. Apoll. lex. s. 61, 23 Bekk. παρεμπέ-
πτωκε δὲ τὸ α. διὰ τὸ μέτρον, ἀντὶ τοῦ ἑῶν., ὥϲπερ κυανέων, κυανεάων.

[2]) V. Lehrs, quaest. ep. s. 67, Paraphrase bei Ranke s. 41: καὶ
ἀπὸ τῆς κρῆθεν καὶ τῆς κεφαλῆς αὐτῆς, ἀπὸ βλεφάρων τε τῶν μελάνων
τοῖον κάλλος ἔπνεεν, ὁποῖον ἀπὸ τῆς πολυχρύϲου Ἀφροδίτης.

dieser von ἔη oder ursprünglich ἔϲη = bonum ableitete, womit thatsächlich die Autorität Aristarch's untergraben war.[1]) Jene beiden aber statuirten einen Nominativ ἡ βλέφαροϲ, der, wenn er den alten Grammatikern bekannt gewesen wäre, von einem der vielen, die sich mit unsrer Stelle beschäftigten, hätte citirt werden müssen; ihre Erklärung schwebt also auch in der Luft. Wenn ich nun überzeugt bin, dass die im cod. Med. erhaltene Lesart κυανεώντων, die mit leichter Aenderung zu dem auch von einigen sekundären Handschriften gebrachten κυανεόντων führt, eine ältere, vielleicht zenodotische Schreibung ist, so werde ich die Frage zu beantworten haben, wie Aristarch auf κυανεάων gekommen sei. Anzunehmen, dass er κυανεάων conjicirt habe, wie er nach Karl Brugman an mehreren Stellen der homerischen Gedichte ἑῆοϲ für das ursprüngliche und gut überlieferte ἑοῖο conjicirt hat[2]), ist insofern misslich, als kein eigentlicher Grund zur Veränderung vorlag; und ein palaeographischer Irrthum durch Missverstehn einer Abbreviatur ist bei dem Mangel einer Minuskelschrift von der Hand zu weisen. So bleibt nur eine Erklärung übrig. Aristarch fand κυανεάων in einer guten Handschrift vor, in welcher der Schreiber durch das unmittelbar vorhergehende θηλυτεράων wegen des Gleichklangs irrthümlich κυανεάων geschrieben hatte[3]), und da ihm diese

---

[1]) V. Rzach a. O. s. 398. ἑή = sua bei Brugman s. 61 not.

[2]) V. Brugman s. VI: „Dass Aristarch mit der Ueberlieferung gelegentlich ganz willkührlich umgesprungen ist und einer Marotte zu Liebe weitgreifende und stellenweise recht ungeschickte Aenderungen sich erlaubt hat, dafür glaube ich in der vorliegenden Untersuchung nicht wohl anzufechtende Beweise geliefert zu haben." V. A 393. O 138. T 342. Ω 550.

[3]) V. Scutum v. 4 ἐκαίνυτο θηλυτεράων und v. 10 γυναικῶν θηλυτεράων. V. Beispiele bei C. Heraeus, studia critica in Municeos Taciti 1846. — Beiläufig verdient Erwähnung, dass dieser codex (d. h. der erste Flor.) Oper. 589 bietet εἴη πετραίη ϲκιή καὶ für die Vulg. πετραίη τε ϲκιή mit der anstössigen Kürze vor ϲκ. V. La Roche, Unters. s. 43. Rzach, Unt. s. 37. Vermuthlich erfordert eine ähnliche Erklärung das von Hartel I s. 31 gebrachte Beispiel Scut. 252 δὲ πρῶτον μεμάρποιεν, aus dem schwerlich etwas bewiesen werden kann, da v. 254 βάλλ' zeigt, dass ein Singular vorausgegangen sein muss. Schon die Abschreiber suchten zu helfen, wie der des eben behandelten Florentinus μεμάποιεν, Triclinius μάρποιεν in den

Form besonders alt zu sein schien, ausserdem aber für seine
Erklärung von ἐάων ein vortreffliches Analogon abgab, so
setzte er sie in den Text, oder wenn man ihm dies nicht zu-
trauen will, er empfahl sie in einer Bemerkung. —

Entschieden älter als dieser codex ist diejenige Florentiner
Handschrift, die allein die Werke und Tage enthält, der cod. Med.
XXXI, 39, den Lanzi dem XII. oder XI., Gaisford nach seinem
Gewährsmann und Kinkel dem XII. Jh. zuweisen, Bandini offenbar unrichtig dem XIII.; ich halte es für das Wahrscheinlichste,
dass er dem XI. Jh. angehört. Auch dieser codex, obwohl
er, wie Lanzi und Kinkel mit Recht bemerken, mit schneller
und flüchtiger Hand geschrieben ist, und desshalb von zweiter
Hand an manchen Stellen corrigirt worden ist, während andere
Hände jüngere Lesarten eingetragen haben, hat sich im ganzen von den tendenziösen Verderbungen der jüngeren Handschriften frei gehalten, so dass die Textkritik eine wesent-
liche Stütze an ihm findet, und besonders durch die Ausgabe
Koechly-Kinkel's nach der vortrefflichen Collation von Kinkel
in den meisten Fällen bereits gefunden hat. Ohne auf
spezielle Beispiele einzugehen, bemerke ich kurz, dass der
codex erstens namentlich erheblich weniger Flickpartikel oder
eingeschobene Präpositionen vor digammirten Wörtern hat,
welche die Ausgaben Trincavelli's, Lanzi's und Gaisford's ent-
stellt haben, zweitens an mehreren Stellen von Plutarch oder
andern athetirte Verse, bisweilen in Uebereinstimmung mit
Stobaeus, nicht enthält, die aber dann in der Regel von jüngerer Hand an den Rand geschrieben sind.[1] —

Text gesetzt hat. Das richtige, das schon Lehrs Pop. Aufs. s. 243 (= 434)
not. angedeutet hatte, hat Deiters a. O. s. 36 f. erkannt, indem er ver-
besserte ὅν δὲ πρῶτόν γε μεμάρποι.

[1] V. v. 173 τρὶς´ ἔτεος (= Fέτεος) mit jüngeren codd., wo andere
Handschriften τρὶς τοῦ ἔτους haben, ebenso Gaisford; v. 222 πόλιν καὶ
ἤθεα (= Fήθεα) mit dem ersten Florentinus und andern (dasselbe ver-
langte Hermann), wo jüngere codd. und ältere Ausgaben πόλιν τε καὶ
ἤθεα haben; v. 525 ἔν τ' ἀπύρῳ οἴκῳ καὶ ἤθεσι (= Fοίκῳ, Fήθεσι) für
καὶ ἐν ἤθεσι jüngerer codd. und der Ausgaben Lanzi's und Gaisford's;
v. 710 ἤ τι ἔπος εἰπὼν (= Fέπος Fειπὼν) mit andern für ἔπος τ' εἰπὼν
des cod. Messanius sec. XII. und jüngerer codd. oder ἔπος γ' εἰπὼν der
Ausgabe Trincavelli's; v. 721 εἰ δὲ κακὸν εἴποις für εἰ δὲ κακόν γ' oder

Ich komme, meine Herren, zu den kritischen Consequenzen, die
sich aus den mitgetheilten Notizen über die beiden Handschriften

---

κακόν κ' εἴποις oder εἴπῃς der codd. und älterer Ausgaben. V. Zahl der τε bei
Bekker, H. Bl. s. 151. V. 93 fehlt mit Origenes c. Cels. IV, 38, v. 169, v. 310
fehlt wie bei Stobaeus flor. XXIX s. 198, ebenso v. 318, den Plutarch athetirt
hatte, und den eine jüngere Hand an den Rand geschrieben; es fehlen v. 370
—372, die Plutarch mit andern Grammatikern verworfen hatte (ebenso im
ersten Florentinus); auffallender Weise fehlt auch der anstössige v. 729, der
gleichfalls von jüngerer Hand hinzugefügt ist. Wenn dagegen derselbe
codex an drei andern Stellen die Flickpartikel erhalten hat, nämlich v. 309
καί τ' ἐργαζόμενος, v. 778 ὅτε τ' ἴδρις, v. 824 παῦροι δέ τ' ἴσασι (v. Digamma
s. 49; Rzach, Hes. Unters. s. 45; Hartel in Zeitschr. a. O. s. 637 f.), die
nicht hesiodisch sein können, so scheinen diese allen Handschriften ge-
meinsame Verderbungen über das alexandrinische Zeitalter hinauszugehn.
— Auch in den homerischen Hymnen wird ein zukünftiger Herausgeber
auf die eingeschobenen Consonanten zu achten haben: v. I, 15 Ἀπόλλωνά
τ' ἄνακτα; II, 42 οὐχ ἅδε == οὐ Ϝάδε, 207 ἔνθα δ' ἄνακτι, wo ἔνθα rela-
tivisch anschliessen muss (v. hymn. hom. V, 115); 218 οἵ ῥά τ' ἄνακτι;
III, 182 ὣς οἱ μέν ῥ' ἐπέεσσι, 208 == 369 οὐκ οἶδα΄ vielleicht οὐ οἶδα,
263 == 363 οὐκ ἴδον vielleicht οὐ ἴδον, 376 τά δέ τ' οἶδε, 538 ἄλλον
γ' εἴσεσθαι; besonders im ältesten Hymnus IV, 82 bei codd. ABC, 85
μέγεθός τε καί εἵματα == μέγεθος καί Ϝείματα, 232 ἀμβροσίη τε καί
εἵματα == ἀμβροσίη καί Ϝείματα, 169 βοῦς τε καί ἴφια == βοῦς καί Ϝίφια
(v. Eberhard, Sprache der hom. Hymnen II s. 34). V. auch III, 46, 259,
XXII, 3, XXVII, 20. Berührt war dieser Punkt auch von Bekker, hom.
Bl. I s. 163, 319. — Nicht ganz gleich ist das Resultat, das die Lesart
dieser Handschrift für Oper. 564 εὖτ' ἄν δ' ἑξήκοντα ergiebt, einen Vers,
den ich Vorbemerkung s. XVIII und Digamma s. 39 behandelt habe,
wo ich glaubte εὖτ' ἄν Ϝεξήκοντα als ursprüngliche Lesart erkennen zu
dürfen. Heute scheint mir die Schreibung im cod. M εὖτἄν δή ἑξήκοντα
darauf zu führen, dass δή alt und ursprünglich ist, εὖτἄν aber glossa-
rische Erklärung zu einem früheren ἦν, die um so leichter sich ein-
schleichen konnte, als ἦν bei Hesiod sehr selten (v. Oper. 401), εὖτἄν
dagegen sehr häufig und gerade der ersten Versstelle eigenthümlich ist
(v. Oper. 430, 458, 609, 619, 646, 768. Scut. 331; ausserdem Oper. 323,
448, 598), und auch bei diesen Vorschriften vom Landbau sich noch
dreimal vorfindet. Bei ἦν δή Ϝεξήκοντα ist das nothwendige Digamma
gerettet. In anderer Weise ist hymn. hom. IV, 147 ἀθανάτοιο δ' ἕκητι
entstanden aus ἀθανάτου (so cod. Mosc.) δέ Ϝέκητι. —

Den grossen Werth dieser Hesiodhandschrift, die identisch ist mit
Med. 39 d'Orville bei Gaisford (v. Koechly-Kinkel Oper. 62, 362, 711 not.)
haben Koechly-Kinkel erkannt, v. praef. s. X: „Itaque hunc praestantissi-
mum codicem ut praecipuum fundamentum recensioni meae subdidi, pro
unico quominus habere possem eumque aut ex ipso archetypo descriptum

ergeben. Zunächst wenn es feststeht, dass die alexandrinischen
Grammatiker in Unkenntniss über einzelne sprachliche Erschei-

---

aut communem ceterorum fontem censerem, loci satis multi obstabant,
qui levius graviusque corrupti eo in codice leguntur partem quidem
posterioribus ejus manibus correcti sed omnes aliis codicibus emendatius
oblati.“

Der cod. M ist die älteste Hesiodhandschrift, die wir besitzen und
enthielt wohl ursprünglich alle Gedichte (v. Subscriptum τέλος cὺν θεῷ
τοῦ Ἡcιόδου); ausserdem ist er die einzige, die, wie es wahrscheinlich ist, von einem codex in Uncialschrift abgeschrieben ist. Denn
erstens führen darauf die unglaublich vielen Accentfehler, zweitens zahlreiche falsche Trennungen der Wörter, wie z. B. 394 ὥρια ἔξηται für
ὥρι’ ἀέξεται, 403 ἀλλάς’ ἄνωγα für ἀλλά c’ ἄνωγα, 444 μὴ κέτι für μή
κ’ ἔτι, 503 οὐ καίει, 617 ὥραί οὐπλειὼν, drittens Versehn in den Buchstaben, wie in den Glossen oft π für τ, 360 δειλή für δεινή, 482 θνήcονται
für θηήcονται, 687 κατὰ κύμαcιν für μετὰ κύμαcιν, vielleicht 695 ἐπὶ
οἶκον für ποτὶ οἶκον (wenn nicht hier eine Glosse hineingerathen, wie
thatsächlich in M glossirt ist, oder das vorhergehende ἐπὶ πᾶcιν einge-
wirkt hat; v. auch Glosse v. 152 εἰc Λίθαν für Αἴδαν), viertens Ditto-
graphieen oder Uebersehn doppelter oder ähnlicher Buchstaben, wie 338
cπονδῇ θυέεccι für cπονδῆc, 682 εἰ εἰαρινὸc für εἰαρινὸc, 700 ἐγγύθεν ναίει,
343 ὅc τι cέθεν für τιc cέθεν, fünftens das offenbare Bestreben des Origi-
nals Raum zu sparen, wie doppelte Consonanten meist einfach geschrieben, ν am Ende immer durch einen Strich bezeichnet waren, den der un-
kundige Schreiber zwar abschreibt, aber ν meistens hinzufügt (195, 202,
211, 216, 274 u. s. w.), das dann eine spätere Hand ausradirt hat. Der
codex würde noch einen weit grösseren Werth haben, wenn der Schreiber nicht ein Ignorant ersten Ranges wäre. Abgesehen von den glos-
sirten Erklärungen, die oft an falscher Stelle stehen, von Accent-
fehlern, wie κρύψε, ἀνδρᾶcι, von zahlreichen Dativen οιcι für οιc und
umgekehrt, schreibt er regelmässig δὲ für δ’, hat er vom Gebrauch der
Spiritus keine Idee, die er mit grösster Willkühr setzt. Zudem kommt
seine enorme Flüchtigkeit. Er lässt Verse aus, wie 762—763 wegen des
zweimaligen φήμη, er setzt Wörter an eine falsche Stelle, wie besonders
717—718, er schreibt Verse zweimal, wie 204, 421—422. Einen grossen
Theil seiner Fehler hat eine zweite Hand corrigirt, andre Hände anderes,
aber auch Fehler hineingeschrieben. Die dadurch erschwerte, mühsame
Arbeit einer sorgfältigen Vergleichung und Unterscheidung der Hände
hat Kinkel in ausgezeichneter Weise gelöst, von dessen Collation die
meinige nur in sehr unbedeutenden Punkten abweicht: 39 δικᾶcαι m. I,
50 κρύψε, 59 ἔφαθ’, 62 ἀθανάτοιc δὲ θεοῖc m. I, nicht αιc, daher ἀθανάτου
δὲ θεοῦ Angabe von d’Orville, (v. die glossirte Erklärung ἀθανάταιc θεαῖc
τὴν πρόcοψιν ἀπεικάζειν), 69 ὡc, 82 Correctur von derselben Hand, 101
πλείη m. I, 153 εἰc, 194 ὁμεῖται, 211 cτέρρεται m. I, 212 ὡc, 258 μὶν

nungen oder in dem Bestreben, den Gesetzen der Analogie zu
ihrem Recht zu verhelfen, systematische Textveränderungen an-

m. I. 260 ist νόον von erster Hand nicht ausgelassen, denn es steht da
ἀδικῶνὸ mit Abbreviatur der Schlusssilbe von νόον, 333 ἀγένεται Correctur
von m. II, 378 ὡς, 379 κεν m. I, ν von m. II ausgestrichen, 425 ἀπό
κέ = κεν, 436 ἐνναετήρῳ m. I, 452 βόας, 559 τόμιςυ radirt aus τύμιςυ,
587 τε καί mit vorhergehendem unverständlichen κεφαλέ, 589 πετρέη,
631 ἄλαδε m. I, 642 παντοίων, 682 εἰ εἰαρινὸς m. I., 700 ἐγγύθ = ἐγγύθεν
ναίει (mit zweimaliger Schreibung des ν) m. I, ἐγγύθι m. II, 727 ἠελίου,
nicht ἠελίοιο, 733 jedenfalls nicht ἔνδοθεν, auch nicht 523, sondern an
beiden Stellen ἐνδὸ, was eher auf ἔνδοθι führt, 792 ἵςτορα.

In der Textkritik von Koechly-Kinkel dagegen sind manche Punkte
übersehn worden. So muss v. 20 aus M und Mess. ὁμῶς gelesen werden
(Lehrs, Ar. s. 156), v. 62 ἀθανάτοις δὲ θεοῖς, wie auch Origines a. a. O.
bietet, ebenso v. 260 ἀδίκων νόον, wie auch der mit codex M meist
übereinstimmende cod. Mess. (v. Koechly-Kinkel praef. s. VII) liest; v. 90
führt das fehlende γὰρ auf πρώην μὲν (codd. O Vat. πρώην μ. γὰρ);
v. 275 das dorische ἐπιλάθεο; v. 278 ἐςθέμεν mit Clemens Al. Strom. I
s. 427 (ebenso v. 724 λειβέμεν, 750 καθιζέμεν, Scut. 432 σχεδὸν ἐλθέμεν mit
Nauck praef. Od. s. XIII); v. 296 μήτ᾽ αὐτὸς mit M (ebenso Rzach
s. 427); v. 363 ἀλέξεται in M und Mess. scheint nicht verschrieben für
ἀλύξεται zu sein; 392 ist πάντα θέληςθα die Lesart von M und Par. Q;
v. 436 ist ἐνναετήρῳ mit M beizubehalten; 452 mit M βόας für βοὸς
(was auch jetzt Rzach s. 408 wahrscheinlicher sein dürfte); 523 mit
M νυχίη, v. Scholion δι᾽ ὅλην τὴν νύκτα (obwohl μυχίη die aristarchische Lesart zu sein scheint, wie Theog. 991); v. 581 πολλοῖςί τ᾽
mit M Messanius Par. Q; v. 692 erschliesst ἄμαξαν in M die Lesart
ἐπ᾽ ἄμαξαν, wie auch Rzach s. 358 mit Recht verlangt, der aber irrthümlich ἐφ᾽ ἄμαξαν als Lesart von OQ statt von M angiebt; v. 713 ist
Koechly's ἄλλοτε ἄλλον unmöglich (v. Digamma s. 24), die Lesart ἄλλοτε
τἄλλον in M und Messanius, ἄλλοτες αλλον im Etym. Gud. s. 302, 5
führen auf das einzig mögliche ἄλλοθεν ἄλλον (ΑΛΛΟΘΕΝΑΛΛΟΝ), dessen
mittlere Buchstaben undeutlich geworden waren und jene Irrthümer er-
zeugten; v. 727 ist ἠελίου Lesart von M Messanius Par. Q und Gale
(A bei Paley), also am besten bezeugt; v. 733 ist ἔνδοθι herzustellen,
wie v. 523 (v. oben), ebenso Hartel, Zeitschr. f. Oestr. G. a. O. s. 638;
v. 808 führt Lesart τά τ᾽ ἅρματα in M auf τά τ᾽ ἅρματα, ein Wort, das
auch Theog. 639 hat weichen müssen, wo es nicht nur der erste Florentinus im Text hat, sondern das Lemma der Scholien Vat. Cas., in denen
die Erklärung steht κυρίως ἅρματα, μεταστρέφει δὲ εἰς τὸ ὑγιές; aber die
dortige Bedeutung Nahrung (Byz. Scholion erklärt ἀρμαλιά), in der das
Wort bei Hippokrates sich findet, wird an unserer Stelle kaum annehm-
bar sein, wo man eher „Last" erwartet (Schwanken des Spiritus v.
Schol. A 136); v. 820 führt Lesart δέ τε μετ᾽εικάδα in M niemals auf das

gewandt haben, wie heute kaum noch zweifelhaft sein kann, obwohl die Sache bei Hesiod wegen der Dürftigkeit der Scholien
nicht so evident zu erweisen ist, wie bei Homer, so ist, da
ältere grammatische Zeugnisse sehr selten vorliegen, mit der
Autorität eines Stobaeus oder gar eines Eustathius für die
hesiodischen Lesarten, die man gewöhnlich anzuführen pflegt,
verhältnissmässig wenig gewonnen. Denn im günstigsten Falle
haben diese Autoren, wenn sie nicht nach einer Vulgäraus-
gabe citiren, oder das Citat aus einer solchen von einem
andern Autor entnehmen, an zweifelhaften Stellen die alexau-
drinische Lesart vor Augen, und diese ist unter Umständen
die tendenziös veränderte. Ich habe früher zu zeigen versucht, dass Theog. 81 die Lesart ἀν' ἀγῶνα, welche die
Scholien für ἀνὰ ἄςτυ empfehlen, Theog. 82 γεινόμενόν τ'
ἐςίδωςι für das richtige, auch vom Scholiasten gelesene, und
zufällig auch von Stobaeus erhaltene γεινόμενόν τε ἴδωςι, vielleicht auch Oper. 696 τριηκόντων ἐτέων wie Stobaeus und
Eustathius lesen (vorausgesetzt dass dies nicht ein Abschreiber
gethan hat), für das in einigen jüngeren Handschriften erhaltene τριήκοντα ἐτέων zu jener Gattung von absichtlichen,
aus Unkenntniss entstandenen Corruptelen gehören[1]), wenn ich

---

fehlerhafte δ' αὖτε, eher, wenn man Zahl der Buchstaben in Betracht
zieht und an undeutliche Uncialbuchstaben denkt, auf das von Paley
vermuthete δ' αὖ μετὰ εἰκάδα (= Ϝεικάδα), oder auf δὴ μετὰ εἰκάδα. —

Schliesslich bemerke ich, dass die Handschrift, die zweifellos
im Orient geschrieben ist, am Schluss der Halieutika des Oppian das
Subscript führt κύριε βοήθει τῶ ἔχοντι τοῦτο, χρῶ τοῖc λόγοιc τούτοιc
πάcῃ προθυμίᾳ καὶ ταχέωc ἕξειc τὸ τῶν λόγων κράτοc· δόc, Χριcτὲ
τῷ γράψαντι λύτρον πταιcμάτων. κλέοc γὰρ ἐcθλὸν ἐγκράτειαν καὶ τύχην,
ὡc τοῦ τυχεῖν τῆc ἄνω δόξηc λόγοc. δέcποινά μου, φύλαccον τὸν cὸν ἱκέτην
ἔξωθεν πάcηc βλάβηc ἐχθρῶν τοῦ ἀναγκαίου. κύριε βοήθει τῷ cῷ δούλῳ.

[1]) Ueber ἀνὰ ἄcτυ (= Ϝάcτυ) und τε ἴδωcι (= Ϝίδωcι) v. Digamma
s. 53, über τριήκοντα ἐτέων (= Ϝετέων) v. Digamma s. 71. τριηκόντων
ἐτέων ist bezeugt von Proklos (Lemma), Stobaeus Flor. LXXI, s. 429,
Eustath. s. 97, 11, verworfen von Johannes Tzetzes. Anders urtheilen
über die letzte Lesart Rzach a. O. s. 423f. und W. Hartel in Z. f. Oestr.
Gymn. 1876 s. 640. — Eine principielle Verderbniss dagegen erkennt
auch A. Nauck an. V. Bulletin, 1863, s. 16: „Da sie von dem
Digamma bei Homer keine Ahnung hatten, so war wohl nichts natür-
licher, als dass sie ein ursprüngliches εὔιδον austilgten durch Substi-

auch fern davon bin, alles Aristarch zuzuschreiben; und eine
strengere Prüfung wird noch mehr ähnliche Fälle aufzuspüren
im Stande sein. Unsre Textkritik muss von diesem Umstand
Gebrauch machen, wozu gewissermassen vom Standpunkt
handschriftlicher Kritik noch mehr Berechtigung vorliegt, als
bei Homer, da es nach der Untersuchung Brugman's dort
meist die jüngeren und schlechteren Handschriften sind, welche
an zweifelhaften Stellen die voraristarchische, d. h. die zenodotische Lesart bieten, bei Hesiod dagegen die jüngeren Handschriften allerdings zunächst von den Verunstaltungen der Abschreiber und der byzantinischen Recension, aber auch, wie
wir annehmen müssen, von den Veränderungen der Grammatiker angefüllt sind, deren Lesarten nur dann geflissentlich
nirgends aufgenommen sind, wenn sich schon, wie einige Male
gegen Krates, in der ältesten Zeit, z. B. von Seiten des Didy-
mos, Widerspruch dagegen erhoben hatte.[1]) Aber wie in

---

tuirung des ihnen geläufigen εἰςιδον (folgen Stellen Ξ 13, C 235, α 118,
ε 392, ι 148 und 251, λ 306, ν 206, π 356, χ 407, ω 493, φ 222, ψ 324).
Unter allen diesen Stellen ist keine einzige, wo das Simplex von Seiten
des Sinnes unzulässig wäre; an den meisten erscheint das Compositum
als geradezu sinnwidrig und verkehrt." „Auch sonst haben die alten
Pseudokritiker öfters ἐςιδεῖν statt ἰδεῖν gesetzt, um einem vermeintlichen
Hiatus zu begegnen." (Χ 407, θ 526, ψ 94, ω 101). — Ebenso Bull.
1866 s. 332: „Ohne Zweifel ist das erste τε (bei Β 281) von einem
ungeschickten Grammatiker eingeschoben, der einen vermeintlichen Hiatus
entfernen wollte." Vorsichtiger Brugman a. O. s. 48: „Alle diese Stellen
deuten auf älteres Foö hin, und so beweisen sie auf's klärlichste, dass
es nicht das Bestreben, dem Versmasse zu Hilfe zu kommen, gewesen
sein kann, dem wir jenes τοῦ und τῆς verdanken. Denn hätte man des
Hiatus wegen den Artikel gesetzt, so wäre dieser sicher auch bei Beziehung des οὖ auf die dritte Person eingedrungen." V. dagegen Br. s. 114 f.
Ein auffallendes Beispiel, dass Stobaeus zwar die alexandrinische,
aber nicht die voralexandrinische richtige, citirt, ist Flor LXX s. 425,
wo er Opp. 699 liest γαμεῖν, ὥς κ' ἤθεα. V. s. 4 not.
[1]) V. Schol. Theog. 126 und 142, meine Ausgabe der Glossen und
Scholien s. 115 f. Leipzig 1876. Die Lesarten des Seleukos zu Theog.
160 und 270 finden sich in keiner Handschrift (ἀχνυμένη für ϲτεινομένη,
καλλιπάρῃος für καλλιπαρήουϲ), die desselben Grammatikers zu Scutum
415 χαλκὸϲ für χαλκὸν nur im Cod. N bei Paley. Die Lesarten
des Seleukos Opp. 96 πίθοιϲιν für δόμοιϲιν (wo vermuthlich S. auch
πίθου v. 97 geändert hatte), Opp. 549 ὀμβροφόροϲ für πυροφόροϲ, die

der Homerkritik auch die ältesten Handschriften, z. B. der
Laurentianus der Odyssee, an zweifelhaften Stellen dieser Art
das richtige haben, so bieten umgekehrt bei Hesiod die ältesten schon die veränderte Lesart, namentlich der erste Mediceus,
der einen sehr selbständigen Abschreiber gehabt hat, und
einige jüngere die richtige, was die Entscheidung naturgemäss
in solchen Fällen bedeutend erschweren muss. Nur das eine
vergesse man nicht, dass wir mit solchen Schreibungen, wenn
wir von den ursprünglichen consonantischen Initialen absehen,
immer noch auf dem Boden alexandrinischer Kritik stehen,
wenn nicht gerade aristarchischer, so doch wenigstens in den
meisten Fällen zenodotischer, wobei uns das Ζηνόδοτος δὲ
ἀγνοεῖ oder δι’ ἄγνοιαν oder ϲυγχεῖ der Scholien nicht in Ver-
legenheit bringen darf; nur hüte man sich einen Text herzustellen, der zu keiner Zeit gesprochen oder geschrieben worden
ist, z. B. kein Digamma zu schreiben und die vorhergehende
ν paragogica dennoch zu streichen.[1]) —

Eine zweite Consequenz ist folgende. Eine Erforschung
des homerischen und hesiodischen Dialekts wird im Gegensatz
zu dem Verfahren, das bei allein inschriftlichem Material Gebrauch zu sein pflegt, ohne genaue Kenntniss der handschrift-
lichen Ueberlieferung und ohne gewissenhafte philologische

---

des Krates Opp. 530 μαλκιόωντες für μυλιόωντες sind gleichfalls unsern
Handschriften unbekannt. — Ebenso Scut. 144 ἀδάμαντος für δράκοντος,
Lesart eines unbekannten Grammatikers, die Tzetzes in seinem Exemplar
vorfand. — Ueber den Laurentiahus zur Odyssee v. Brugman s. 73.

[1]) Dies Princip von August Nauck bespricht A. Ludwig in seiner
Recension s. 583 folgendermassen: „Er hat kein Digamma drucken lassen,
sondern einen unsichtbaren Laut heraufbeschworen, der nichtsdesto-
weniger mit bemerkbarem Ungestüm seine Existenz geltend macht, ohne
indessen überall, wo es vielleicht in der Intention des Hg. lag, völlig
kenntlich zu sein.“ Aehnlich Gieseke a. O. s. 29: „Es kommt hinzu,
dass er Digamma zwar annimmt, aber nicht schreibt, so dass sein Text
zwar die Veränderungen zeigt, die man des Digamma halber vorzu-
nehmen pflegt, nicht aber die Ursache derselben. Bei jedem Hiatus
also entsteht die Frage, ob Digamma im Spiele sei. Einen andern aus-
géfallenen Consonanten scheint er nicht anzunehmen ausser Digamma,
für welches er (vol. II pag. VI) merkwürdiger Weise die juniores nur auf
Spitzner de versu heroico 1816 p. 113—135 verweist. Das wird so ziemlich das älteste Werk sein, das wir über den Gegenstand besitzen.“

Kritik nicht möglich sein, wesshalb Urtheile, die ohne eine solche Vereinigung abgegeben werden, von höchst zweifelhaftem Werth erscheinen müssen. Bei dieser Kritik wird es sich aber von selbst ergeben, dass einerseits die Uebereinstimmung aller jüngeren Handschriften gegenüber einer guten und sprachlich richtigen Lesart der ältesten nicht· ins Gewicht fallen kann, andrerseits, wo sichere Spuren einer systematischen Verderbniss vorliegen, einer ausgedehnteren Conjecturalkritik freierer Spielraum gelassen werden muss; denn wo 30 mal uns die Handschriften einen Fehler aufklären, brauchen wir sie zu den andern 30 Malen nicht mehr. Aus diesem Grunde haben nach meiner Ansicht J. Bekker und August Nauck[1]) mit vollem Recht jene überflüssigen Flickpartikel eingeschränkt. Eine andre Frage ist es, ob wir den Versuch machen dürfen, über den alexandrinischen Text hinaus mit alleiniger Hülfe der linguistischen Resultate und der freieren Benutzung der Analogie den Text zu verändern; diese will ich heute nicht beantworten.[2])

Wie oft durch jene einseitige Behandlung Irrthümer ent-

---

[1]) Beispiele von Letzterem bei A. Ludwig a. O. s. 584.

[2]) Hierin stehen sich La Roche und August Nauck gegenüber. V. La Roche praef. Iliad. s. VI: „Constitui enim haec carmina integra edere, sicuti nobis per tot secula sunt tradita, non qualia fuisse ante Solonis aut Lycurgi tempora quidam sibi fingunt" und s. V: „Imprimis autem id egi, ut textum ederem, qui proxime accederet ad Aristarcheam recensionem, quae omnium judicio praestantissima et accuratissima habetur., a qua non nisi gravissimis de causis recessi." Dagegen Nauck praef. s. VI: „Dolendum vero est, quod ubi Zenodoti, Aristophanis, Aristarchi aliorum editiones vel scripturae commemorantur, nescimus plerumque, utrum conjecturae afferantur an lectiones antiquioribus e fontibus petitae." u. s. w. V. aber W. C. Kayser im Phil. XVII s. 714. — Wie La Roche seinen Zweck erreicht hat, v. Gieseke, Bursian's Jahresb. I, s. 919 ff. — Am schroffsten hat A. Nauck das Ziel der heutigen Homerkritik angegeben Bullet. 1868 s. 489: „Denn nicht den Aristarchischen, sondern den voralexandrinischen Homertext herzustellen ist die Aufgabe und das wenngleich unerreichbare, doch immer anzustrebende Ziel der Kritik." „Trotzdem findet sich in den Scholien zur Ilias und sonst noch mancherlei Material, um nicht wenige Paradiorthosen des Aristarch auszumerzen: dies Material zu sammeln und zu verwerthen ist eine der nächsten und dringendsten Obliegenheiten der Homerkritiker."

standen und verbreitet worden sind, und wie wir dadurch
noch bei beiden Dichtern keine befriedigende Ausgabe erhalten
haben, ist bekannt. Auch hier will ich ein hesiodisches Beispiel statt vieler hersetzen, da ich nach Rzach's und meinen
Ausführungen eine Widerlegung der Ansicht von Ahrens, dass
die Dorismen der Theogonie auf delphischen Dialekt zurück-
gehn, nicht wiederholen will.[1]) Es ist bekannt, dass Hesiod
oder der Verfasser der Verse Theog. 199—200 jene unzüch-
tige Etymologie der Liebesgöttin anbringt ἠδὲ φιλομμηδής, ὅτι
μηδέων ἐξεφαάνθη (denn so lautet die einstimmige Ueberlieferung dieses Verses), die mit der homerischen Göttin und,
mit dem homerischen Attribut φιλομμειδής nichts zu thun hat.
Schon Creuzer vermuthete an dieser Stelle irgend ein Myste-
rium.[2]) Nun citirt unglücklicher Weise ein Homerscholion
und ein später Grammatiker ἠδὲ φιλομμειδής, ὅτι μειδέων
ἐξεφαάνθη, und die Aldina vom J. 1495 hat wenigstens μειδέων,
worauf man sofort μειδέων für das richtige erklärt und nach
jenem bekannten Gesetz der boeotischen Aussprache des η als
boeotische Form aufgefasst hat.[3]) Ja der neueste Bearbeiter
des hesiodischen Dialekts macht sogar aus der Chiffre a des
Koechly'schen Apparats, welche die Aldina bedeutet, einen
codex a und hält desshalb die Lesart für wohlbezeugt.[4]) Die
Aldina aber ist nach der wahrscheinlichsten Vermuthung von
Muetzell abgedruckt nach dem cod. Par. 2772, der einst dem
Veroneser Guarini gehörte, der ihn seinem Sohn Baptista
Guarini hinterliess, demselben, welcher als Lehrer des Aldus
an der Ausgabe vom Jahr 1495 den Hauptantheil hatte, und

---

[1]) Rzach a. O. s. 464 ff., mein Digamma s. 71—77.

[2]) Briefwechsel mit Hermann s. 143.

[3]) V. darüber Muetzell a. O. s. 263. — V. Bergk, Gr. Litg. I,
s. 1021 not. 127.

[4]) Rzach a. O. s. 367: „μειδέων, so cod. a. — Während wir Theog.
180 die jonische Form des Wortes μήδεα lesen, begegnet uns hier wohlbezeugt ein echter Boeotismus: die Boeoter nämlich liessen für η den
Diphthongen ει darüber eintreten, wo die Dorer η stehen liessen, vgl.
die Zeugnisse der Gramm. bei Ahrens, de dial. Boeot. 182 seq.“ Dieselbe Verwechslung Rzach's findet sich s. 408 bei Oper. 452, s. 430
u. 438.

dieser codex hat deutlich μηδέων [1]). Die Autorität der Aldina, die offenbar einen typographischen Fehler enthält, kann daher ebenso wenig Beweiskraft haben, wie das Zeugniss eines Scholiasten, oder eines späten Grammatikers. Ausserdem aber kommt hinzu, was die Dialektiker auch in Betracht ziehn müssen, dass die Verse 199—200 nicht nur unhesiodisch, sondern völlig kindisch sind, was Schoemann, Koechly, Nauck, neuerdings auch Gustav Andresen in seinem Buch über deutsche Volksetymologieen richtig erkannt haben, so dass sie für Boeotismen oder Aeolismen Hesiod's nicht beweisend sein können. [2]) —

Die Zeit fehlt mir, ähnliche Dinge zu einer Blumenlese auszuwählen. Deshalb betone ich noch einmal, meine Herren, dass, um sichere Resultate für die alte epische Sprache und Textkritik zu erzielen, heute sprachwissenschaftliche Kenntniss und handschriftliche Kritik Hand in Hand gehn müssen, und dass jede Einseitigkeit im Vorgehn das Ziel verfehlen muss. Wie die nur ein kleines Gebiet berührenden Beobachtungen Brugman's gezeigt haben, dass Aristarch nicht immer Glauben geschenkt werden darf, und dass auch die Gesetze von Wilhelm Hartel über die consonantische Kraft des Digamma in den homerischen Gedichten trotz des seltenen Scharfsinns und der Umsicht dieses Kritikers zu eng angegeben worden

---

[1]) V. Muetzell a. O. s. 3. Ich habe ihn auch selbst verglichen. V. dagegen Paley praef. s. XXVIII (cod. K).

[2]) V. Schoemann, Theog. s. 121: „Ungehörig aber ist jedenfalls v. 200 das Epitheton φιλομμηδής mit seiner Etymologie, da es ja gar nicht auf die Entstehung aus den μήδεϲι des Uranos deuten kann, sondern, angenommen, es sei überhaupt richtig, auf etwas ganz anderes." Die Notiz über Andresen brachte die Allgemeine Zeitung in ihrer Besprechung dieses Buches. Aehnlich urtheilt über unsre Stelle Nauck, Mél. IV s. 104 f. — Von ältern Irrthümern in dieser Beziehung sind bekannt Hermann's und Goettling's Verbesserungsvorschläge zu Oper. 63 wegen der missverstandenen dialektischen Verkürzung von καλός, Goettling's Schreibung Oper. 383 Ἀτλαγγενής für Ἀτλαγενής (v. Stolz, Zus. Nomina s. 43), die missverstandene Psilosis bei ἄμαξα Oper. 426, 453, 455, 456, 692 und bei ὄρπηξ Oper. 468, die seltsamen Lesarten ὀφ' ἱεῖϲαι (Dindorf) oder ὀπ' ἱεῖϲαι (Koechly-Kinkel) Theog. 830, und andre mehr, die heute grossentheils von Alois Rzach beleuchtet worden sind.

sind[1]), so wird eine aufmerksamere Prüfung hesiodischer Textesverhältnisse manche Annahme von Rzach modificieren, wobei nur zu bedauern bleibt, dass dieser fleissige Forscher mit seiner lobenswerthen Abhandlung über den hesiodischen Dialekt nicht gewartet hat, bis eine neue Hesiodausgabe auf neuer handschriftlicher Basis vorhanden ist.

' Hoffen wir, meine Herren, dass auch bei diesen Problemen der Textkritik ruhiges und gewissenhaftes Forschen fern von Fanatismus und Dünkelhaftigkeit zum Ziele führen wird.

Anhang.

Zum Schluss berühre ich noch einige Handschriftenprobleme. Schoemann, Hesiodi carm. s. 11 sagt von den Hesiodhandschriften: „Eorum antiquissimi sunt Parisinus n. 2771 Opera continens, quem seculo fere X scriptum esse putant" — und eine Collation dieses Parisinus n. 2771 findet sich bei Gaisford Poet. min. I s. 150—152, für die Scholien (cod. A) II s. 1 ff. Ebenso ist Goettling's Parisinus für die Opera n. 2771 (praef. s. LXXVI). Dagegen heisst scheinbar derselbe codex bei Koechly-Kinkel Par. n. 2773, enthaltend Opera und Scutum, wobei an einen typographischen Irrthum desshalb nicht gedacht werden kann, weil die Nummer zweimal angeführt und das erste mal ausdrücklich die genannte Collation Gaisford's dabei erwähnt wird; bei Koechly-Kinkel wird sie ausserdem

---

[1]) Wenn nämlich nach Brugman s. 45 ff. gelesen werden muss β 134 ἐκ γάρ οὖ (= Ϝοῦ für τοῦ) πατρὸς, und Λ 763 αὐτὰρ Ἀχιλλεὺς | οἶος ἦς (= Ϝῆς für τῆς, ebenso Bekker ed. 1858) ἀρετῆς ἀπονήςεται, so scheint das von Hartel, Hom. Stud. III, 74 und Z. f. Oestr. G. 1876 s. 641 angeführte Gesetz der Digammawirkungen, dass in der Thesis Position nur vor den Formen des enklitischen Personalpronomens stattfindet, das auch sonst seine Bedenken hat, zu streng aufgestellt zu sein. Ebenso das noch strengere von Alois Rzach, Hesiodische Untersuchungen s. 42 f., der die Position nur vor dem Dativ des Personalpronomens anerkennen will (Theog. 892, Scutum 11 und 20).

dem XIV. Jh. zugeschrieben. Dieselbe Nummer 2773 hat Ranke Scutum s. 294: „Codex 2773 (E) membranaceus et omnium quos Koehlerus contulit, antiquissimus. Ea laus tamen nonnisi ad Opera et Dies pertinet, cum Ioh. Tzetzis scholiis descripta, non ad Scutum." Ebenso bei Lennep praef. Op. et D. s. X, der sowohl n. 2773, wie das XIV. Jh. angiebt (sein Par. Q), und dieselbe Handschrift im Apparat des Scutum Par. K nennt. Nachdem mir die französische Regierung (die sonst stets bereitwillig Handschriften versendet) trotz Vermittlung des Reichskanzleramts das Verleihen gerade des Cod. 2771 abgeschlagen hatte, mit Berufung auf einen Paragraphen ihrer Statuten, haben die an Ort und Stelle angestellten Ermittlungen folgendes ergeben. Der aufliegende Catalog führt als Inhalt des cod. n. 2771 an 1. Theogonia Hesiodi 2. Dionysii Alex. orbis descriptio, die Handschrift selbst aber enthält gleich auf dem ersten Blatt Hesiod's Opera et Dies mit zahlreichen Randscholien. Kinkel giebt als Inhalt des Par. 2773 an Opera et Dies, Scutum v. 1—307, Versus jambici ad pietatem adhortatorii, aber während in der Ausgabe Koechly-Kinkel's sowohl in den Opera et D. als auch beim Scutum das XIV. Jh. angegeben wird, erscheint in seiner Dissertation (appendix quarta) das XV. Jh., so dass man erstaunt sich fragt, wie Köhler zu der eben mitgetheilten Behauptung über das Alter der Handschrift gekommen sei, wenn auch das Scutum von jüngerer Hand geschrieben ist. Durch eine nochmalige Erkundigung bei Herrn Kinkel selbst wurde mir seine Vermuthung mitgetheilt, dass bei Gaisford die Nummer 2771 richtig angegeben, bei Lennep dagegen ein Irrthum vorliege, der dann in die späteren Ausgaben übergegangen sei, und dies schien um so wahrscheinlicher, als Lennep in der Vorrede zur Theogonie eine ähnliche Verwirrung bei der Aufzählung der Florentiner Handschriften angerichtet hat, indem er consequent die Nummern der Plutei mit denen der Handschriften selbst verwechselt hat. Leider sind zwei Anfragen von mir bei der Pariser Bibliothek unbeantwortet geblieben, so dass ich für jetzt annehmen muss, dass n. 2771 und 2773 zwei verschiedene Handschriften sind, von denen aber die erste nach Kinkel's Ansicht jedenfalls nicht dem X. Jh. angehört, nach der Collation Gaisford's auch schwerlich dem XI., so dass sie auf keinen Fall die älteste Hesiodhandschrift ist, wenn sie aber auch zu den drei oder vier ältesten gehört, an Bedeutung keineswegs den beiden behandelten gleichkommt.[1])

Ein zweites Problem ist der sogenannte codex Schellershemianus. Baron von Schellersheim hatte zwei Handschriften aus Florenz entführt, von denen der Herodotcodex nach der Untersuchung von Stein keinen Zweifel übrig lässt (Herod. praef. s. VIII f.): er war durch Vermittlung Creuzer's bis zum Jahr 1816 Schweighäuser geliehn, der ihn in seinem Apparat cod. F nannte (C bei Stein). Die Hesiodhandschrift war gleichfalls Creuzer geliehn worden, der Mittheilungen aus ihren Scholien im Briefwechsel mit G. Hermann veröffentlichte

---

[1]) Allerdings ist auffallend, dass nach den Collationen bei Gaisford und Lennep die tieferen Verderbnisse, wie zahlreiche Schreibungen gemeinsam sind: v. 93, 320—336, 435—451 fehlen in beiden, v. 91 ἄτερ κακῶν, 98 ἐπέλλαβε, 132 ὅτ' ἄρ, 781 cπέρματος δάcαcθαι. Doch stimmen andere Stellen wieder nicht überein, wobei man bemerken muss, dass die Collation bei Gaisford sehr nachlässig ist. — Unterdessen ist mir von Herrn H. Michelant, Mit-Director an der Nationalbibliothek in Paris, dessen Liebenswürdigkeit in weiteren Kreisen bekannt ist, ein Schreiben zugegangen, welches meine Vermuthung bestätigt. Der Katalog lautet: n. 2771, codex membranaceus, quo continentur: 1. Hesiodi Theogonia et in illam Procli commentarius, si folium primum excipias recentiore manu scriptum, quod Manuelis Moschopuli scholia exhibet. 2. Dionysii Alexandrini orbis descriptio cum scholiis hactenus ineditis. Praefixa auctoris vita. Is codex saeculo decimo exaratus videtur. n. 2773, codex membranaceus, quo continentur: 1. Hesiodi Opera et Dies. Passim inter lineas glossae, conjecta vero ad marginem Ioannis Tzetzae scholia. 2. Ejusdem Scutum Herculis. Praemittitur argumentum, in quibusdam ab edito diversum. 3. Anonymi versus quidam jambici ad pietatem adhortatorii. Observandum autem est, esse paginas nonnullas ubi veteris scripturae vestigia apparent, ea deleta, altera super illita est. Is codex saeculo decimo quarto exaratus videtur. — Gleichzeitig bemerkt aber Herr Michelant am Schluss seines Briefes: Tout ce que je puis ajouter, ce qui ne change en rien les résultates, c'est qu' indépendamment de la mention du catalogue n. 2771 porte sur le feuillet de garde verso la mention: Hesiodi ἔργα καὶ ἡμέραι, n. 2773 1. ʽHcιόδου ἔργα καὶ ἡμέραι μετ' ἐξηγήcεωc τοῦ Τζέτζου. 2. ʽHcιόδου ἀcπίc. Auch die Erwähnung des Proclus und Moschopolus führt darauf, dass der Hauptcatalog eine irrige Angabe enthält.

(s. 147. 170. 195) und eine Collation der Scholien an Gaisford abtrat (v. Poet. min. II praef.); auch Werfer und Thiersch war dieser codex zugänglich gewesen (v. Muetzell, de em. Th. s. 160). Noch während er sich in Deutschland befand[1]), kam eine Collation des Scutum an Lennep, der die Handschrift in der nach seinem Tode von J. G. Hullemann besorgten Ausgabe des Scutum (Amsterdam 1855) cod. Schellershemianus nennt, ohne dass die von Hullemann selbst und Geel verfassten Vorreden ein Wort darüber sagen, wer die Collation gemacht, oder wo die Handschrift sich befunden habe.

Bei Koechly-Kinkel wird die Unbestimmtheit und Verwirrung noch grösser. In der Theogonie erscheint nur ein Bibl. Laur. n. 2823 olim Abbatiae Florentinae (bei Lennep Flor. D) aus dem XIV. Jh., wobei als Inhalt nur noch Opera und Scutum angegeben werden, wie bei Lennep Theog. praef. s. XIV. In den Werken und Tagen dagegen wird als Lennep. Flor. D bezeichnet Bibl. Laur. Bad. n. 2823 (primo) olim Bad. 90, dem XV. oder XVI. Jh. angehörig, was mit Lennep's Angabe nicht stimmt, und ausser Hesiod noch Theokrit und Bion enthaltend (dies ist offenbar schon Verwirrung), daneben aber ein Bibl. Laur. Bad. n. 2823 (secondo) olim Bad. 158 des XIV. Jh. angeführt (der doch der obige Lennep Flor. D zu sein scheint), mit Hesiod, Theokrit, Dionys u. s. w. Im Scutum endlich wird Bibl. Laur. n. 2823 (secondo) olim Bad. 158 des XIV. Jh. als Schellershemianus bei Lennep bezeichnet, dagegen der Bibl. Laur. n. 2823 (primo) olim Bad. 15 oder 90 ohne Datum als Lennep Flor. D (hier ist wieder Verwirrung, da diese Handschrift eine neue Numerirung und kein Datum erhalten hat). Also — dürfen wir fragen — ist Lennep Flor. D bei Theogonie und Opera der codex des XIV. oder

---

[1]) V. auch Bernhardy, Dion. Perieg. (1828) praef. s. XXXIII: Schellershemianus, cujus possessio pertinet ad L. B. a Schellersheim, bombycinus, saec. XIV, ut videtur, Hesiodum, Theocritum, Dionysium tenens, cum levioribus quibusdam libellis. Collationem a Werfero ad ed. Havercampii confectam accepit Matthiae. Ebenso Etym. Gud. ed. Sturz (1818) s. 669 f. Grammatica descripta opera Birnbaumii Bambergensis ex codice Lib. Baronis Schellersheimii, qui codex Hesiodum, Theocritum et Dionysinm de situ orbis continet.

des XV. Jh. (denn er hat bei diesen Gedichten offenbar keine Collation des Schellershemianus)? Und wenn er beim Scutum eine Collation von beiden hat, welches ist der Schellershemianus? Der ältere oder der jüngere? Kinkel selbst hat in dem an Koechly übersandten Schreiben (praef. s. VI f.) keine genügende Auskunft ertheilt, denn indem er den Med. XXI, 20 (M I bei Goettling) als Apographum des Laur. Bad. n. 2823 (secondo) erklärt, fügt er nur in der Anmerkung hinzu: „Codex 2823, 2 non diversus esse videtur ab eo, quem Lennepius Schellershemianum vocat."

Die Sache wurde nicht klarer durch die Collation der anderen Hesiodherausgeber. Denn Goettling hat von beiden Handschriften keine benutzt, Luigi Lanzi nur eine, die er im Benedictinerkloster vorfand und Florentinus I nannte, Ranke auch nur eine, die aber, weil sie von ihm genannt wird cod. Schellershemianus sive Florentinus (S) offenbar noch in Deutschland collationirt war, und die er dem XIV. oder XV. Jh. zuwies, obwohl die mitgegebene Charakteristik eher auf höheres, als auf jüngeres Alter schliessen liess. —

Grössere Klarheit in die Sachlage (die überhaupt schneller gekommen wäre, wenn die Beamten der Laurentiana es nicht vorgezogen hätten, über diesen räthselhaften Vorgang des Verschwindens und Zurückkehrens zweier werthvoller Handschriften tiefes Stillschweigen zu beobachten) brachten die Herausgeber des Theokrit, von denen namentlich Ahrens, Bucolicorum reliq. praef. s. XXX mehr als wahrscheinlich gemacht hat, dass der frühere cod. Benedictinus, der Schellershemianus bei Kiessling, nach der Inhaltsangabe bei Montfaucon Bibl. Bibl. s. 416 und bei Koechly-Kinkel (am genausten s. 145) identisch ist mit dem heutigen Florentinus n. 2823 (secondo) olim n. 158 des XIV. Jh., wenn auch die Inhaltsangaben nicht genau stimmen, was aber oft der Fall ist, da der Inhalt einer Handschrift nicht immer vollständig angegeben zu werden pflegt. Dies wird bestätigt durch Ziegler, Theocr. praef. s. VI: „Alter codicum Benedictinorum, qui nunc est inter Laurentianos (ipse eum perlustravi) n. 158 bombyc. saec. XIV, continet Hesiod. Theocrit I—XIV (I chartac. et ab alia manu) Dionysii Perieg." Ziegler erwähnt seltsamer Weise den Namen Schellershemianus gar nicht, und bezeichnet bei dem ersten Benedictinus n. 15 (also heute Laur. 2823, 1), an dessen Ende steht Abbatiae Florentin. Ben., abweichend von Koechly-Kinkel, nur Hesiod Oper. et D. als Inhalt. —

Es ist übrigens bezeichnend, dass die betreffenden Angaben über diese beiden Handschriften, die ursprünglich dem Benedictinerkloster (Beatae Mariae) in Florenz angehörten, bei Montfaucon a. O. so lauten: „Cod. bomb. XIV saeculi, Hesiodi Opera et Dies cum scholiis bonae notae, item Theogonia cum scholiis, item scutum Herculis cum scholiis, Theocriti Bucolica cum scholiis, Dionysii Alexandrini περιήγηϲιϲ. Excerpta quaedam ex scriptura sacra. Prosodia," (dies ist also der spätere cod. Schellershemianus). Und: „Cod. bombyc. XIV saec. Theocritus et Hesiodus cum scholiis."

Vergleichen wir endlich die Notiz bei Luigi Lanzi a. O. s. 273: „Florentini sunt, quos extra Bibliothecam Laurentianam Florentiae reperi, alterum apud P. P. Benedictinos optimis animadversionibus ornatum, et figuris aratri veteris insignem, alterum apud N. N. Richardios, quem eruditissimi Ab. del Signore beneficio tractare licuit. Chartaceus uterque, sed optimae notae" — so liegt die Wahrscheinlichkeit nahe, dass die erste der beiden Handschriften, die auch Montfaucon bei den Benedictinern angetroffen hatte, der spätere cod. Schellershemianus ist.